Otto Keller

Ueber den Entwicklungsgang der antiken Symbolik

Antigonos

Otto Keller

Ueber den Entwicklungsgang der antiken Symbolik

Unveränderter Nachdruck der Originalausgabe von 1876.

1. Auflage 2024 | ISBN: 978-3-38635-085-3

Antigonos Verlag ist ein Imprint der Outlook Verlagsgesellschaft mbH.

Verlag: Outlook Verlag GmbH, Zeilweg 44, 60439 Frankfurt, Deutschland, info@outlook-verlag.de
Vertretungsberechtigt: E. Roepke, Zeilweg 44, 60439 Frankfurt, Deutschland
Druck: Libri Plureos GmbH, Friedensallee 273, 22763 Hamburg, Deutschland

Ueber den Entwicklungsgang

der

antiken Symbolik

von

Dr. Otto Keller.

———

Antrittsrede,

gehalten zur Uebernahme der ordentlichen Professur der classischen Philologie
an der kais. königl. Universität in Graz, Mai 1876.

———

Graz, 1876.

Druck und Verlag von Leykam-Josefsthal in Graz.

Die antike Symbolik ist gleichsam ein märchen-
hafter Garten voll verzauberter Blumen, Sträucher, Thiere,
in denen zwar keine verwunschenen Prinzen, aber um
so öfter selbst verwunschene Götter und elementare
Naturgewalten sich verbergen. Es ist ein eigenthümlicher,
nie verlöschender Reiz, durch dieses in allen Farben
schillernde Paradies zu wandeln und bald da, bald dort
die Lösung eines uralten Bilderräthsels zu versuchen:
heute an einer Sphinx oder einem Drachenwagen, morgen
an einer Granatfrucht oder einer grünen Eidechse.
Freilich darf man nicht methodenlos ans Werk gehen,
wie es Friedrich Creuzer, Eduard Röth, Julius Braun
und andere gethan haben. Sie warfen Zeiten und Völker,
Culturen und Sprachen wild durcheinander und gewannen
so einen ägyptisch-semitisch-indogermanischen Brei, wo
alles mit allem verwandt war und selbst das Unmögliche
und Widersinnige nur allzu leicht sich beweisen liess:
natürlich nur zum Schein.

Fürchten Sie nicht, dass ich Ihnen etwas Gleich-
artiges vorsetze. Ich will nicht jenen schönen Zauber-
garten durch übel angebrachte Taschenspielerei in einen
Moorgrund verwandeln, wo wir, Irrlichtern nachlaufend,
von einer Pfütze in die andere sinken, sondern mit
einem ganz bestimmten und höchst natürlichen Zauber-
stäbchen in der Hand wollen wir den Versuch machen,
ob nicht eine Reihe dieser Räthsel in einfach über-

zeugender Weise sich uns löst. Alle menschliche Entwicklung geht aus vom Naturwüchsigen, Naiven, Schlichten, Einfachen und endigt im Künstlichen, Verfeinerten,
geht z. B. aus vom Rohen, aber Realen und Wahren,
und endigt im Idealen, aber nicht mehr ganz Wahren.
Ein zweiter Gesichtspunkt ist hauptsächlich noch fest-
zuhalten: jeder weiss, dass auch unsere grössten und
originellsten poetischen Genies: ein Shakespeare, Goethe,
Sophokles und Homer, die Stoffe ihrer vollendetsten
Dichtungen nicht erfunden haben: gerade so wenig
braucht auch das dichterisch höchstbegabte Volk der
Griechen bloss hellenische Originalgedanken und Anschauungen in seiner Mythologie und sonstigen Volks-
dichtung verwendet zu haben: obgleich es leider immer
noch wenigstens unter meinen specifischen Fachcollegen
Gelehrte gibt, welche solchen exclusiven Theorien huldigen, und es als eine Art Ehrensache der Philologie
ansehen, dass bewiesen werde: das griechische Volk
habe alles selbst erfunden und nichts oder doch mög-
lichst wenig dem Oriente abgeborgt. Allein bei unbefangener und hinreichend weit angelegter Untersuchung
ergibt sich im Gegentheil als unumstössliches Resultat,
dass der Hellenismus, seinem universellen Charakter
entsprechend, aus allen Weltgegenden die Stoffe seiner
Phantasie entlehnte, dass er ägyptische, assyrische, indische Ideen sich zu eigen machte,
dass er sie aber mittelst seiner ausserordentlichen
poetischen Begabung auch regelmässig verschönert und
vollendet hat.

Ich habe, um ein Beispiel zu nennen, vor fünfzehn
Jahren den Satz ausgeführt und nach dem Urtheile der
bedeutendsten Fabel- und Sagenforscher, wie Müllenhoff,
Liebrecht und Benfey, auch wirklich bewiesen: dass der
Grundstock der märchenhaften Thierfabeln, welche
unter dem Namen der Aesopischen circuliren, nicht
aus Griechenland, sondern aus Indien stammt, aus den
uralten indischen Schakalmärchen: denn nicht der Fuchs
ist der natürliche Minister des Löwen, sondern der
Schakal, der in der That dem König der Thiere

überall nachläuft, um zu fressen, was dieser. übrig lässt, als wirklicher lôpâça = ἀλώπηξ. Selbst dieses griechische Wort ist wie ἐλέφας ein Lehnwort aus dem Sanskrit und bedeutet Aasfresser, also eigentlich den Schakal und nicht den Fuchs. Mit unserem deutschen Fuchs, das von „fauchen“ herkommt, hat das griechische ἀλώπηξ nichts zu thun, ebensowenig mit lateinischem *volpes*, dem deutschen Wolf. So scheint der seltsame griechische Name des Fuchses zugleich mit den altindischen Thierfabeln aus dem fernen Orient herübergekommen zu sein. Auch der Name des Elephanten und des Elfenbeins war schon zur homerischen Zeit aus Indien herübergedrungen: Schakalfabeln uud Elfenbein durch semitische Vermittelung, vielleicht durch arabische Karawanen; denn ἀλώπηξ und ἐλέφας beginnen mit dem semitischen Artikel, ebenso wahrscheinlich αλεκτρυών, der Hahn[1]); auch er ist wohl durch semitische Händler, und zwar erst in später Zeit, aus seiner asiatischen Heimat ins Abendland verpflanzt worden. Doch ich wollte die indisch-äsopischen Schakal-Fuchs-Fabeln nur erwähnen, um an diesem Beispiel zu zeigen, wie nothwendig es ist, auf die natürlichste, einfachste Basis zurückzugehen, mag dieselbe nun innerhalb der griechischen Landesgrenzen sich finden, oder auch weit entfernt an den äussersten Grenzen des hellenischen Horizonts.

Die echt hellenische Symbolik zeichnet sich ebenso sehr durch ihre Einfachheit und Natürlichkeit, wie durch ihren wunderbar poetischen Gehalt aus. Irgend ein merkwürdiger Umstand der äusseren Natur wird aufgegriffen, die einzelnen Momente werden in plastische Gestalten verwandelt und ein Motiv aus dem Menschenleben ersonnen, meist ein psychologisches Motiv, durch welches der betreffende Vorgang sich erklären soll;

---

[1]) Es existirt noch keine überzeugende Etymologie dieses Wortes. G. Curtius in den „Grundzügen der griechischen Etymologie“ hat es vorsichtigerweise übergangen. Nach V. Hehn hat dieses Wort „eminent griechisches Gepräge“, ist in schon reflectirender Zeit erfunden worden und soll den „Sonnenvogel“ bedeuten, vgl. ἠλέκτωρ Ὑπερίων „die strahlend wandelnde Sonne“.

das natürliche Phänomen verwandelt sich so in ein menschliches Drama, und wir erhalten jene herrlichen Mythen von Niobe, Philomele, Daphne, der Sphinx, von den Danaiden, von Endymion und Selene u. s. w.

N i o b e und P h i l o m e l e sind gleichartiger Natur; bei Philomele wird der melancholisch flötende Gesang der Nachtigall, bei Niobe das thränenartige Herabträufeln des Wassers von einem uralten ehrwürdigen Felsbilde zurückgeführt auf die Wehklage einer trauernden Mutter um den Verlust ihrer Kinder.

Dem Wasser, das thränend vom Felsen tropft, stellt sich das Wasser gegenüber, das jähen Sprungs vom Berge stürzt, der wilde Waldstrom: rasch, unaufhaltsam, alles niederreissend, was ihm in den Weg tritt, Eichen, Tannen, Felsenblöcke in seinem Strudel wälzend, aber schon nach kürzestem Lauf ins Meer hinaus sich verlierend; wem sollte er natürlicher zu vergleichen sein als einem Helden, der unaufhaltsam seine Siegesbahn durchstürmt, um doch ein frühes Grab auf dem Felde der Ehre zu finden? So ist die Figur des A c h i l l e u s entstanden, des vielbesungenen Helden vor Troja. Also nichts ist er seinem Wesen nach als eine Sagengestalt, eine Fiction, der personificirte Waldbach, welcher nach kurzem Laufe vom Pelion herab ins Meer stürzt. Sonderbar, wie gerade die grössten Thaten eines Volks, die Eroberung Troja's durch die Griechen, die Anfänge Roms, die Befreiung der schweizerischen Waldstädte, oft auf mythische Gestalten ohne Fleisch und Blut zurückgeführt werden. Die wirkliche Geschichte wird hier zu einem Opfer des dichtenden Volksgeistes, der um jeden Preis, namentlich durch Einführung sagenhafter, götterartiger Helden, solche Epochen verklärt.

Andere Erscheinungen werden gedeutet als Busse für einen Frevel, so bei T a n t a l o s und den D a n a i d e n. Die Danaiden sind die Regenwolken, welche wie durch ein Sieb oder ein durchlöchertes Fass das Wasser auf die Erde giessen. Ihr Fass muss einst im Himmel gestanden sein, wie auch der Stein des Tantalos, welchen die Dichter Agias und Alkman erwähnen, auf der Oberwelt, dem Sipylos-Gebirge, zu sehen war. In dem unruhigen, oftmals von Erdbeben durchtobten und zerrissenen lydischen Gebirge dachte sich das Volk einen riesigen Unhold lebendig begraben, der die Felsen über sich rüttelte und schüttelte und zur Strafe für seine Unthaten niemals Ruhe fand. Erst späterhin, als die orphischen Dichter die Unterwelt mit allerlei Höllenstrafen, feurigen Lavaströmen („Pyriphlegethon") u. dgl. ausmalten, nahmen sie auch jenen Riesen und die Töchter des Danaos als passende Büsserfiguren hinab in das Reich der Schatten.

Selbst Hephästos, der grosse olympische Gott, musste sich eine ähnliche Missdeutung gefallen lassen. Die Zickzackbewegungen des Feuers werden in der schlichten ältesten Symbolik durch das Hinken des Feuergottes bezeichnet. Schon Homer erzählt uns für diesen Umstand eine Begründung, die nicht eben zur Verherrlichung des Gottes diente. Er lässt Hephästos den Zorn des höchsten Gottes reizen: der packt ihn am Fuss und schleudert ihn vom Olymp hinab zu seiner Werkstatt auf der Insel Lemnos; seit jener Zeit nun hinkt der arme Feuergott zur Strafe für seine einmalige Verschuldung.

Gleicher Art ist auch der allgemeine Glaube an Wehrwölfe, λυκανθρωπία, Verwandlung von Menschen in Wölfe. Was in Wirklichkeit nur ein unverschuldetes Leiden, eine schreckliche Krankheitserscheinung ist, wird aufgefasst als eine Strafe für entsetzlichen Frevel. Wer bei den Menschenopfern, die dem arkadischen Zeus Lykaios fielen, vom Menschenfleisch gegessen hatte, der wurde in einen Wolf verwandelt. In der That findet diese Sage von den Wehrwölfen, die bis heute noch eine grosse Rolle im griechischen Volksglauben spielt, eine höchst einfache und natürliche Erklärung. Nicht bloss der Hund, auch der Wolf ist der Wuthkrankheit unterworfen; diese Krankheit heisst griechisch „Wolfssucht", λύσσα = λυκία, Wuth, Raserei überhaupt, eigentlich aber speciell Wolfssucht. Wird nun der Mensch

von einem solchen wüthenden Thiere gebissen, sei es
ein Hund oder ein Wolf, etwa auch ein Hund, den
ein wüthender Wolf gebissen und dadurch mit der
Wuthkrankheit angesteckt hat, dann wird der Mensch
von der Wolfssucht oder Hundswuth befallen, er wird
zum rasenden wilden Thiere, zum Wolf in Menschen-
gestalt, zum Wehrwolf, λυκάνθρωπος; er tobt, beisst,
schäumt, bis endlich der Tod die arme Menschenhülle
gleichsam von dem Wolfsteufel befreit, der sie besessen
hatte. Jene mythische Deutung auf das Menschenfleisch-
geniessen beim Opfer für Zeus Lykaios hängt jeden-
falls zusammen mit dem Anklang des Namens Lykaios
an λύκος, Wolf; auch wurde die Sage vielleicht absichtlich erfunden, zur Zeit als man bemüht war, den alten
grässlichen Cult mit seinen Menschenopfern in Miss-
credit zu bringen und so seine Abschaffung zu erleichtern.

Auch das M o t i v d e r L i e b e , der erhörten wie
der verschmähten, ward hundertmal eingeführt ins Reich
der vernunftlosen Natur. Man lese nur Ovids Metamor-
phosen. Wer kennt nicht A p o l l und D a p h n e ? Man
versteht aber in der Regel unter Daphne den gewöhnlichen Lorbeer. In neuerer Zeit hat man versucht, die
Sage noch natürlicher zu erklären. Man bezieht sie
nicht auf den eigentlichen Lorbeer, sondern auf Jasmi-
num Sambac, eine den Griechen wonlbekannte, über
den ganzen Orient verbreitete Pflanze mit lorbeerartigem
Laube. Diese Pflanze lässt ihre Blüthen, so lange die
Sonne scheint, verschlossen, wendet sich also in Wirklichkeit von Phöbus Apollo, dem Sonnengott, ab, und
mochte so einen sehr gefälligen Anlass zu der Legende
bieten, wie Daphne von Apollo mit Liebe verfolgt, sich
spröde von ihm abkehrt und in einen Lorbeerbaum
verwandelt wird. *Oscula dat ligno*, sagt Ovid von Apollo,
refugit tamen oscula lignum. Ich muss übrigens diesen
Deutungsversuch dahingestellt sein lassen; denn eine
andere Erklärung des apollinischen Lorbeers kommt
vielleicht doch der Wahrheit näher: dass nemlich diese
medicinische gewürzhafte Pflanze um ihrer Reinigungs-
und Heilkraft willen dem Apollo als Heilgotte geweiht

worden sei. Erst secundär entwickelte sich dann die Vergleichung des zartaufgeschossenen niedlichen Baumes mit einer Nymphe, und aus dem von Apollo geliebten Baume ward eine von ihm geliebte Nymphe namens Daphne.

Ganz besonders lieblich ist auch jener Mythus von Selene und Endymion, der am Latmos-Gebirge in Kleinasien spielt. „Ein reizender Anblick“, sagt F. G. Welcker, „wenn hinter der im tiefblauen Aether scharfgeschnittenen Linie des herrlichen Latmos, welcher das weite Flussthal wie eine Mauer abschliesst, der Mond untergeht und die weissgraue Felsenwand mit zartem Schimmer übergiesst. Wenn je, so muss dort die Sympathie, welche uns der Natur Gefühle gleich den unsrigen leihen lässt, sich regen. Wer auch nur in kleinen Engthälern bemerkt hat, wie der Mond in grosser Scheibe langsam, da in der Nähe eines Gegenstandes sein Gang sich bestimmter abmisst, auf einen Berggipfel niederzusteigen und lange bei der äussersten Spitze zu verweilen scheint, wird die Phantasie verstehen, dass er auf die Stelle, worauf das Auge ruht, sich mit Vorliebe, mit Begierde hefte. Der mächtig hohe, steile Latmos aber erstreckt sich, bis zu seiner Spitze äusserst wenig gespalten, in fast gerader, eine fortlaufende Schneide bildender Linie Stunden Wegs lang, so dass der ergreifende Anblick der auf irgend einem Punkte mit ihrem Kuss an ihm hängenden Selene nicht eine zufällige seltene, sondern eine ganz gewöhnliche, den Blick fesselnde Erscheinung war.“ So verwandelte sich das Schauspiel des untergehenden Mondes in eine Scene der Liebe zwischen Artemis und einem Jüngling des Gebirges. Man dachte sich die Göttin auf den Latmos niedersteigend, um den schönen Jäger Endymion zu küssen, der in einer Grotte des Berges schlief.

Auch der Sonnenuntergang, in einer griechischen Küstengegend oft ein prachtvolles Schauspiel mit seinen auf Meer und Berg und Himmel ausgegossenen purpurnen, violetten, goldenen und chocoladefarbenen

Tinten, auch diese Zeit der Dichterwonne, wie sie Uhland nennt, ist vom hellenischen Mythus, wie der Monduntergang in ein Drama der Liebe, aber der verschmähten Liebe, verwandelt worden. Hippolytos, die Personification der untergehenden Sonne, eigentlich die Zeit, wo die Rosse vom Wagen gelöst werden, ὅτε οἱ ἵπποι λύοντα·, Hippolytos verschmäht seine Stiefmutter Phädra, die „glänzende“ Göttin des Tages, und liebt Artemis, die Göttin des Mondes, und wird auch von dieser geliebt. Aber die erboste Phädra schmiedet Ränke, und erreicht es, dass Poseidon, der Gott des Meeres eine Sturmfluth sendet, in welcher der schöne Jüngling sein frühes Grab findet: so findet die schöne Abendsonne ihr frühes Grab im Meere.

Dem Sonnen- und Monduntergang parallel ist der Untergang der Sterne. Ikaros, der schöne Knabe, der mit seinem Vater Dädalos von Kreta aus das Fliegen versucht und im Meer ertrinkt, er ist, wie uns Hesychios belehrt, nichts anderes als der hellstrahlende Hundsstern, der mit all seiner Jugendpracht und Hoffart im Meer untergeht.

Ebenso mussten die schrecklichen Naturerscheinungen personificirt werden. Dazu reicht die gewöhnliche Thier- und Pflanzenwelt nicht aus; man erfand phantastische Wesen, meist mit Anlehnung an ausländische Vorstellungen: so die Sphinx, die lernäische Hydra, die geflügelten, feuerspeienden Drachen. Die Sphinx und die lernäische Hydra beziehen sich auf gleichartige Dinge. Wenn der Sonnengott Herakles der Wasserschlange am lernäischen Sumpfe die Köpfe abhackt und auf jeden abgeschlagenen Kopf wieder zwei neue hervorbrechen, so bezeichnet die Sage damit die ungeheuren Schwierigkeiten, mit welchen man beim Austrocknen und Gesundmachen jener quellenreichen Sumpfgegend zu ringen hatte. Aber die Civilisation, die in dieser Sage, wie so häufig, durch die Person des vorderasiatischen Sonnengottes Hercules ausgedrückt ist, siegte doch im rastlosen Kampfe mit jenen physischen Uebelständen.

Wenn wir in der Wasserschlange zu Lerna die bösartige dortige Sumpfluft personificirt sehen, so haben wir in der Sphinx, der Würgerin, Erstickerin, von σφίγγω, schnüren, das erstickende Miasma der böotischen Seen, besonders in den schilfigen Ufergelännden am Kopais-See. Tausende von Menschen fielen diesem Fieberdämon zum Opfer, und niemand wusste Rath, niemand vermochte das Räthsel der Sphinx zu lösen, wie sie nämlich ausgerottet und das Land befreit werden könnte. Erst König Oedipus von Theben gelang die Entsumpfung jener fieberigen Strecke, er löste das Räthsel der Sphinx, sie stürzte sich vom Felsen, der Sumpf und das Miasma verschwanden, und das Land war von der Plage erlöst.

Eine andere schreckliche, aber dem Menschen zugleich meist segensreiche Naturerscheinung hat die griechische Phantasie unter dem kühnen Bilde des geflügelten Drachen gezeichnet; schwarzgrau fährt er einher und schnaubt Feuergarben aus seinem entsetzlichen Rachen: das ist Blitz und Gewitter. Oft genug ja sehen die Wolken einem riesigen Krokodil oder Drachen gleich, und fahren im Gewittersturmwind oft am Himmel hin, als hätten sie Drachenflügel, ihr Donnergebrüll und Blitz- und Feuerschnauben macht die Erde sammt den Sterblichen erzittern. So fahren Demeter und Triptolemos, die Götter der Getreidesaat, auf einem Drachenwagen über die Erde hin und streuen Samen und Segen auf die Fluren: denn unter Blitz und Donner kommt der göttliche Segen auf das Saatfeld.

Dieser phantastische Zug, welchen wir in den letztgenannten Beispielen hellenischer Bildersprache gefunden haben, kommt am ausgedehntesten zur Geltung bei einer bestimmten Classe von Mythen, welche ich Reisemärchen nennen möchte. Der Erzähler, und ganz besonders der griechische Seefahrer, lässt sich bei Schilderung seiner Abenteuer das grosse Messer nicht nehmen, aus dem Einfachen und Natürlichen wird Uebertriebenes und Unnatürliches, und manche harmlose Maus schwillt unwillkürlich zum Elephanten an: aus

den Quitten im Garten der Hesperiden werden
Aepfel von purem Golde, die noch heute existirenden Zwergvölker am Aequator werden zu Pygmäen,
d. i. Däumlingen verkleinert, und müssen den Kranichen förmliche Schlachten liefern; die fabelhaften Amazonen und noch fabelhafteren Kentauren sind
entstanden aus wirklichen waffentragenden Jungfrauen
in Kleinasien, und aus den mit dem Pferde gleichsam
verwachsenen Steppenvölkern Ost - Europa's; endlich
einer der beliebtesten Gegenstände für den phantastisch
ausmalenden Erzähler war der Betrieb der Bergwerke, diese geheimnissvolle Schatzgräberei: während
im Morgenlande die Goldgräber sich in goldgrabende
Ameisen verwandeln, sehen wir im Abendlande, wie
sich die schlichten Bergleute in Gnomen und Kobolde
oder, um hellenisch zu sprechen, in Kyklopen verändern. Das schreckliche feurige Auge auf der Stirn
ist einfach das Grubenlicht, das sie vorn auf der
Stirne (ἐν τῷ μετώπῳ) tragen. Diese einäugigen Kobolde
werden nun auch noch in die feuerspeienden Berge
verlegt, und so vollzieht sich von selbst die Confusion
mit dem schon bei Tantalos erwähnten Volksglauben,
wonach überhaupt die vulcanischen Erscheinungen auf
Riesen zurückgeführt wurden, die im Innern der Berge
begraben oder gefesselt oder sonstwie hausen sollten:
so wuchs das unschuldige Bergmännchen allmählich
heran zu einem riesigen einäugigen Scheusal, zum
Menschenfresser Polyphemos[1]).

Ich will auf die übrigen meist ganz gleichartigen
Märchengestalten der Odyssee, die Lästrygonen, Skylla,

---

[1]) Die alten Römer nannten einen Einäugigen geradezu
„Kyklop“. Denn das auf die abenteuerlichste Weise von Bopp
u. a. Etymologen gedeutete Cocles ist nichts als eine Zustutzung
des Fremdwortes Κύκλωψ, gerade wie z. B. Tamphilus aus
Damophilos, Melerpanta aus Bellerophontes, Catamitus aus Ganymedes im archaischen Latein gemacht worden sind. Wahrscheinlich ist Cocles als Spitzname entstanden, wie z. B. einst
die Stuttgarter Gymnasiasten einen ihrer Lehrer, welcher einäugig und auch sonst etwas missgestaltet war, den Cyklopen
zubenannt haben.

und Charybdis u. s. w. nicht eingehen, und erwähne nur noch den Argonautenzug als eines der prägnantesten Beispiele dieser phantastischen Mythenbildung und Symbolik. Der Argonautenzug ist nichts anderes, als für was man ihn bei unbefangener erster Betrachtung hält: ein handelsgeschichtlicher Mythus. Die eigentlichen Argonauten sind nicht die Schiffer auf der Ἀργώ: dieser Schiffsname ist blos aus falscher Etymologie entsprungen, sondern es sind ἀρηγο-ναῦται oder ἀρωγοναῦται, nicht ein von mir erfundenes, sondern ein wirklich vorkommendes griechisches Wort, welches bedeutet: Helfer der Schiffer, die beiden Dioskuren, Kastor und Pollux. Diess sind zwei uralte, indogermanische Götter, die den Menschen aus Noth und Tod, besonders beim Schiffbruch helfen. Sie sind zu zwei, weil sie in den Veden als zwei Helden gedacht auf dem Streitwagen fahren, der eine als Kämpfer, der andere als Lenker der Rosse. Auf griechischem Boden offenbaren sie sich theils als rettende Reiter und Mitstreiter im Gewühl der Schlacht, theils auf dem Meer bei Sturmesgefahr, und sie zeigen ihre Gegenwart durch ein eigenthümliches elektrisches Leuchten an den Spitzen der Maste und Segelstangen, das sogenannte S. Elmsfeuer. Dieses Helfen aus Sturmesnoth und Schiffbruch ist, namentlich sofern sie mit den samothrakischen Kabiren vielfach zusammengeworfen werden, ihr eigentlichster Beruf; auch wo sie als Reiter und Kämpfer gedacht werden, tragen sie die eiförmigen Hüte der Matrosen. Sie also fahren vom hellenischen Land aus durch das gefährliche, stürmereiche schwarze Meer, den πόντος Ἀσκέναζ, wie er ursprünglich hiess, d. h. das phrygische Meer; erst der Missverstand hat daraus einen πόντος ἄξενος, ein unwirthliches Meer, gemacht[1]), und aus diesem erst wieder ist durch Euphemismus der

---

[1]) Nach dem gleichen Princip der Confundirung gleichklingender Namen ist es auch zu erklären, wie die Artemis Tauropólos, ursprünglich die grossmächtige Göttin des Taurusgebirges im südlichen Kleinasien, nach der Krim, nach Taurien, verlegt wurde und in die Pontus-Euxinus-Fabeln hineingerieth.

Pontos Euxeinos hervorgegangen, das gastfreundliche Meer, was in jener Zeit, wo der Name entstand, eine wahre Ironie gewesen ist. Ueber dieses phrygische Meer fuhren also unter dem Schutze der den Schiffern helfenden Götter griechische Männer nach dem goldreichen Lande Kolchis am Kaukasus; der Mythus sagt: sie wollten das goldene Vliess dort holen; in der That waren in dem schon in der Bibel erwähnten Goldlande Kolchis einst reichhaltige Goldseifen, das sind lockere Gebirge, die, mit Wasser behandelt, einen Theil ihres Goldgehaltes fallen lassen, welchen man in Tüchern oder haarigen Fellen auffängt. Bei dieser Methode der Goldgewinnung, welche noch heutzutage besonders im Ural gebräuchlich ist, konnte es also kommen, dass die griechischen Seefahrer in Kolchis wirklich sozusagen goldene Vliesse, wenigstens Vliesse mit Gold 'fanden. Der Drache ist der gewöhnliche phantastische Hüter mythischer Schätze; der wilde Stier aber, den Jason bändigen musste, hat sich im Aucrochsen noch bis heute im Kaukasus erhalten, und ebenso die kolchischen Giftkräuter, auch nach Medea und Mithridates.

Wir sehen hier an einem hervorragenden Beispiele, wie der Grieche alles Bedeutende, was er in der Fremde sah, mit lebendigstem Geiste aufzufassen und in das goldene Reich seiner Phantasien und Ideen einzuweben verstand, wie er aus allen Ländern die schönsten Blumen in den Garten seiner Mythologie und Symbolik verpflanzte, bis eben jenes einzige Zauberparadies entstand, das kein Volk vor und keines nach dem hellenischen wieder erreicht hat. Ein Land besonders, das für das Wunderland der Welt gegolten hat, A e g y p t e n, hat eine Menge seiner uralten eigenthümlichen Erfindungen dem Griechenthume abgetreten. Sind doch schon die g r i e c h i s c h e n B u c h s t a b e n, deren wir uns heute noch mit einiger Abänderung bedienen, a u s d e r B i l d e r s c h r i f t A e g y p t e n s h e r v o r g e g a n - g e n. In unserem F— wer sollte es denken? — steckt die gehörnte ägyptische Giftviper, und in unserm L lauert ursprünglich der ganze König der Wüste. So ist noch gar manches Stück Symbolik, was wir für griechische Erfindung halten, aus jenem China des Alterthums zu den Hellenen herübergewandert und uns geläufig geworden. Besonders die nachhomerische Zeit hat eine ganze Reihe der wichtigsten und populärsten religiösen Anschauungen aus Aegypten geholt. Das M y s t e r i e n - w e s e n ist voll ägyptischer Ideen, und die griechischen Vorstellungen von der Unterwelt sind grossentheils ä g y p t i s c h. Alle jene Hauptfiguren und Scenen des Hades, wie Charon, Kerberos, Lethe, die Todtenrichter, sind weder homerischen noch überhaupt griechischen, sie sind ägyptischen Ursprunges. Im hundertthorigen Theben, der Hauptstadt Aegyptens und der grössten Stadt der Welt zur Zeit Homers, dort lebte wirklich ein C h a r o n (nach Diodor ein ägyptisches Wort, das „Fährmann" bedeutet), ein Todtenschiffer, der gegen geringes Entgelt täglich die Mumien über den Nilstrom führte, damit sie in der riesigen Nekropolis auf der andern Nilseite ihre Ruhe finden konnten.[1]) Und was die Todtenrichter anbelangt, so weiss man ja, dass selbst über die ägyptischen Pharaonen ein wirkliches Todtengericht gehalten wurde, dass aber überhaupt jeden Aegypter nach seinem Tode ein solches Gericht erwartete. Die Lethe und der K e r - b e r o s verdanken gleichfalls ägyptischer Phantasie ihren Ursprung: denn der griechische Höllenhund war niemals ein blosser Hund, sondern ein monströses Unthier mit vielen Köpfen und Hälsen und geifernden Rachen; so bewacht eine scheussliche Bestie, unter den Thieren dieser Welt noch am ehesten einem Nilpferde zu vergleichen, die Unterwelt der Aegypter, den Amen-

---

[1]) Die griechische Lehre vom Todtenschiffer und die Mitgabe eines Geldstücks zur Bezahlung der Ueberfahrt stammt aus der Zeit der persischen Herrschaft über Aegypten, also aus der Zeit nach 525. Dies beweist der technische Name des dem Todten mitgegebenen Geldstücks: nicht Obolos, sondern Danake, eine kleine persische Münze, welche nicht viel über einen Obolos werth war.

thes; er führt den Namen „Fresser des Amenthes".
Auch die L e t h e stammt aus dem Lande des Nil;
aber sie hat in Aegypten selbst noch keinen Anflug
von Sentimentalität. Dort lässt Hathor, die Göttin der
Unterwelt, die abgeschiedenen Seelen den Saft ihres
heiligen Baumes, der Sykomore, trinken, und erst durch
dieses Trinken werden sie des ewigen Lebens theil-
haftig. Diese einfache ägyptische Vorstellung ist von
den griechischen Dichtern verklärt worden in das poesie-
volle Trinken der abgeschiedenen Seelen aus dem
Strome des Vergessens — eine Idee, der wir übrigens
erst bei Plato und Aristophanes begegnen. Simonides
der jüngere hatte von den Wohnungen des Vergessens,
dem Hause der Lethe, gesungen; erst nach ihm scheinen
die Ideen von der Lethe und vom Geniessen eines
eigenthümlichen wirksamen Trankes in der Schatten-
welt combinirt worden zu sein zum Trinken aus der
Lethe.

Sogar auf der Burg zu Athen, wo man doch den
unverfälschtesten Hellenismus erwarten sollte, hat sich
ägyptisches Wesen eingenistet, und der vielverachteten
Sage, dass Kekrops einst von Sais in Unterägypten
hieher eingewandert sei, liegt eine tiefe Wahrheit zu
Grunde. Es hat nämlich allen Anschein, dass wirklich
in Folge des lebhaften Seeverkehres ä g y p t i s c h e
R e l i g i o n s g e b r ä u c h e aus dem Nil-Delta ihren Weg
a u f d i e A k r o p o l i s gefunden haben. Dafür spricht
der eigenthümliche an die ägyptischen Göttinnen Neith
und Isis erinnernde Cultus der Pallas Athene mit
Lampen, Fackellauf und Rollschiff an den Panathenäen;
am entschiedensten aber spricht dafür das uralte lebendige Wahrzeichen der athenischen Akropolis, die hei-
lige Schlange mit dem heiligen Baume. Diese S c h l a n g e
d e r P a l l a s ist nur eine Schwester jener dämonischen
Schlange der Bibel, die um den heiligen Baum des
Paradieses sich wand und der Eva die Gottähnlichkeit
versprach. Beide gehen auf die ägyptische Schlangen-
verehrung zurück, wo dieses Thier je nachdem als
guter Dämon (ἀγαθοδαίμων) oder als böser (κακοδαίμων)

betrachtet wurde. Die gute ägyptische Schlange ist materiell natürlich von der bösen grundverschieden, jene ist unschädlich, diese giftig. Die unschädliche Knuphis-Schlange begegnet uns nochmals im griechischen Götterglauben, bei Aesculap. Im Namen dieses Gottes, Ἀσκληπιός, ist schon der Begriff der Schlange deutlich ausgedrückt, Asklepios als Schlangengott bezeichnet: nicht als ein Schlangenzauberer; das Schlangenzaubern gehört nur zu den Mysterien des Bacchus, der Demeter, der Isis. Die Schlange der Heilgötter Asklepios und Serapis gilt als Sinnbild für Leben und Gesundheit und ist ohne Zweifel ursprünglich identisch gewesen mit jener Heilschlange in der Bibel, deren ehernes Bild Moses beim Auszuge aus Aegypten in der Wüste aufrichtete: sie war nach ägyptischem Glauben das Symbol des lebendigen Gottes, d. i. Jehovahs, und ihre Verehrung hat sich zu Jerusalem erhalten bis zu den Tagen des Königs Hiskiah. Je und je ist dieses dämonische Thier bei allerlei Völkern von abergläubischen Leuten für ein göttliches Wesen, für den Gott selbst gehalten worden. In manchen Tempeln sollte Asklepios in Gestalt einer Schlange erscheinen und Heilungen bewirken. Um so unentbehrlicher war das Thier für den Cultus. Darum haben die Römer überall hin, wohin sie den Cultus des Heilgottes trugen, auch die Aesculap-Schlange verpflanzt, und so findet man sie heute noch an Orten, wo schon zur Römerzeit besuchte Heilquellen waren, z. B. in der Gegend von Baden-Baden und Schlangenbad, als einen zoologischen Ueberrest aus den Tagen der römischen Colonie. Man meint vielleicht: die Schlange Aesculaps solle eigentlich giftig sein, damit der Gott als Ueberwinder und Bändiger des Giftigen und Ungesunden erscheine: allein die Symbolik ist eine ganz andere. Die Schlange ist das Sinnbild der Heilgötter, des Asklepios, des Serapis, der Hygieia, der Juno Sospita (d. i. der Juno als Heilgöttin), aus dem Grunde, weil sie jedes Jahr ihre alte Haut abwirft und in erneuter Schöne, in verjüngtem Leben sich wieder darstellt. Sie ist das Bild ewiger Jugend, ewigen Lebens ohne Krankheit und Alter. Eine spätere Zeit hat das nicht mehr verstanden, und um den Begriff der Ewigkeit zu erklären, musste sich das Thier in den Schwanz beissen, damit es einen Ring bilde ohne Anfang und ohne Ende.

Auch der ursprüngliche Sinn von anderen Symbolen aus der Amphibienwelt ging mit der Zeit verloren. Diess sehen wir bei der S c h i l d k r ö t e d e r V e n u s U r a n i a und bei Apollon Sauroktónos. Venus Urania, die grosse syrische Göttin des Himmels und der Erde, hatte als ihr vorzüglichstes Element in ihrer Heimat das Feuchte. Als Anadyomené entsteigt sie der Salzfluth, Muscheln, Fische, Schwäne, Salz und Schildkröten sind ihre Attribute. Darum trat auch in Elis, wo sie bildlich dargestellt wurde, ihr Fuss auf eine Schildkröte. Aber die Hellenen begriffen das nicht, warum eine Göttin, die sie nur im Reich der Liebe als herrschend sich dachten, die schläfrige Schildkröte zum Symbol haben könne; und statt mit historischem Sinne zurückzugehen auf den viel umfassenderen Begriff der Göttin in ihrer asiatischen Heimat, klügelten sie aus, dass die Schildkröte, die ihr Haus nie verlassen kann, bei Aphrodite die Häuslichkeit bedeute, und dass sie der Venus Urania geweiht sei im ausgesprochenen Gegensatze gegen die Aphrodite Pandemos, welcher man ausserhalb der eigenen Familie bei Hetären und Tempel-Sklavinnen zu huldigen gewohnt war.

Wir hatten oben wiederholt die Symbolik so zu sagen in ihrem aufsteigenden Gange beobachtet: aus dem Bergmann ist ein riesiger Kyklope, aus dem menschlichen Todtenfährmann ist ein göttliches Wesen, aus der Nachtigall eine Königstochter, aus der Wolke ein geflügelter Drache geworden, ebenso oft oder öfter finden wir aber auch den umgekehrten Gang in der Symbolik, wo aus dem Grossen das Kleine, aus dem Bedeutenden das Unbedeutende oder doch viel weniger Bedeutende hervorgeht. Diess ist besonders häufig der Fall, wenn Künstler zu ihren Darstellungen religiöse Motive wählten, deren eigentlicher Sinn zu ihrer Zeit und in ihrem Laude geradezu unbekannt war: da musste natürlich aus dem Religiösen etwas Profanes, aus dem Natürlichen Gesuchtes, aus dem Grossartigen Unbedeutenderes hervorgehen, der frühere Gedanke war verschwunden, die wahre Bedeutung verschollen: so verwandelte sich die Schildkröte, welche die Herrschaft über das feuchte Element bezeichnet hatte, in ein Symbol der Häuslichkeit; so wurde Spindel und Rocken in der Hand der Pallas Athene, während es ursprünglich die gewaltige Schicksalsspinnerin bedeuten sollte — diese Spindel wurde als Werkzeug gewöhnlichen irdischen Spinnens genommen, und aus der grossen Schicksalsgöttin mit dem weltbedeutenden Polos auf dem Haupte, die den Lebensfaden der Menschen spinnt, ward eine biedere Beschützerin von Gewerben und häuslicher Arbeit.

Dieses gleiche Herabsteigen von uralter grossartiger Symbolik zum Bedeutungsloseren und Spielenden tritt nun namentlich in zwei berühmten, oft wiederholten Werken griechischer Bildhauerei zu Tage, im Apollon Sauroktónos und im Knaben mit der Gans. Um bei dem letzteren Werk anzufangen, das bis heute noch als einfaches Genrebild verstanden wird, so ist es eine bekannte Art der orientalischen, vorderasiatischen Kunst, von Niniveh bis Ephesus, die Macht und Herrschaft der Götter über die Natur und über beliebige feindliche Principien dadurch auszudrücken, dass die Gottheit gewisse Thiere, meistens mit jeder Hand eines, um den Hals packt und erwürgt. So erwürgt das Urbild der ephesischen Diana, die persische Artemis, ursprünglich ihre Hirsche (vgl. E. Curtius, „Wappengebrauch und Wappenstil im griechischen Alterthum“, S. 113), so erwürgt der kleinasiatische Sonnengott die Löwen, so erwürgt der assyrische Gott Assur ein Paar Strausse. Vierflügelig steht er da unter den Sculpturen von Niniveh, mit jeder Hand einen unverkennbaren Strauss erwürgend. Das gleiche Motiv kehrt wieder im ältesten Stile der Vasenmalerei, den man assyrisch-phönikisch (besser vielleicht vorderasiatisch) zu nennen pflegt: nur

dass aus den zwei Straussen zwei Schwäne geworden
sind. Und dieses Herabsteigen vom Ausserordentlichen
zum Gewöhnlichen ist mit dieser Stufe nicht abge-
schlossen. In der etrurischen Bildnerei werden aus
den zwei Schwänen zwei Gänse. Und dieses Motiv einer
menschlichen Gestalt, welche Gänse würgt oder erwürgt,
ist in der Blüthenepoche der griechischen Bildhauerei
verwendet worden zu jener berühmten genreartigen
Gruppe vom Knaben, der eine Gans würgt. Ein merkwürdiger Umstand erinnert auch hier noch an jenes
uralte Originalbild von Niniveh. Wie der Strauss an
Grösse dem assyrischen Gotte beinahe gleichkommt,
so auch die Gans dem Knaben, obgleich diess mit der
Natur streitet; denn entweder ist die Gans von über-
natürlicher Grösse oder der mit ihr ringende Knabe
ist für sein Alter und seine Kraftentwicklung entschieden zu klein. In diesem noch wenig beachteten Umstande
haben wir also eine unleugbare Reminiscenz an das zu
Grunde liegende mythologische Urbild.

Und ähnlich verhält es sich mit A p o l l o n S a u-
r o k t ó n o s, dem Eidechsentödter, einem gleichfalls so
entschieden genreartigen Sujet, dass man in neuerer
Zeit, dem ausdrücklichen Zeugnisse des Plinius entgegen,
die Behauptung aufgestellt hat: die nach der Eidechse
stechende Figur sei nicht Apollo, sondern eben ein
junger Mann, höchstens vielleicht ein Satyr, der sich
mit der Jagd auf eine Eidechse die Zeit vertreibe.
Andere, welche an Apollo festhielten, glaubten: der
Gott wolle das arme Thierchen spiessen, um aus seinen
Zuckungen weissagen zu können; diese grausame Art
des Wahrsagens ist zum Glück und zur Ehre der alten
Griechen eine reine und gänzlich unbeweisbare Hypothese.
Wir haben einen anderen viel natürlicheren Erklärungs-
grund. Phoibos Apollon, seinem Namen nach der furcht-
bare Zerstörer, zeigt sich gleich bei seinem ersten Auf-
treten in der griechischen Literatur im ersten Buche
der Ilias in seinem wahren Wesen. Er ist die wilde
zerstörende Kraft der Sonne. Als diess gilt er allgemein
in Kleinasien. Der Wolf, der Rabe, die Maus, die Heu-

schrecke, die Eidechse sind seine Thiere. Er sendet alle Plagen des Sommers, er sendet die Pest, darum ziehen in seinem Gefolge der Wolf und der Rabe, er sendet den Mäusefrass, die Heuschreckenplage und alles sonstige giftige, schädliche, hässliche Ungeziefer. Und wie die Syrier zu Beelzebub, dem Gott des sommerlichen Ungeziefers, beteten, dass er sie erlösen möge von den quälenden Thieren, so flehten die Griechen, namentlich in Kleinasien, zu Apollo, dass er sie gnädig beschütze vor Pest, Hungersnoth und anderen Landplagen. Zu diesen Plagen gehören, wie wir aus dem Exodus wissen, namentlich auch die in den warmen Ländern oft zahllos sich vermehrenden schädlichen oder doch verhassten Amphibien, wie Kröten, Eidechsen, Frösche, Sepse, Chamäleone, Schlangen u. s. w. Darum ist es eine sehr natürliche Vorstellung, dass der Sonnengott gedacht wird als Vertilger dieser Amphibien, und speciell die Eidechse wurde zum Sonnengott in solche Beziehung gebracht; diess zeigen Münzen von Thasos und Rhodos. So entstand das uralte Tempelbild von Apollo dem Eidechsentödter. Aber in jener Blüthezeit der griechischen Bildhauerei, aus welcher die uns erhaltenen Statuen des Saurouktónos stammen, wusste man nicht mehr den ursprünglichen Sinn des Motivs, und so entstand das halb ernste, halb spielende genreartige Bildwerk, wie ein Jüngling von apollinischer Schönheit an einen Baum gelehnt, mit pfeilartigem Instrument einer Eidechse auflauert, die ahnungslos am Baumstamm hinanläuft. Da ist kein zorniger Vertilgungskrieg gegen das Ungeziefer zu sehen, sondern ein sportartiger Zeitvertreib, wie er etwa unseren Bauernburschen an einem Sonntag Nachmittag einfallen könnte. So sind wir von der ursprünglichen grossartigen Symbolik wieder herabgestiegen zum profanen täglichen Leben.

Ein anderes Herabsteigen, zwar nicht vom Grossen zum Alltäglichen, aber vom Naiven und Wahren zum Künstlichen und Gemachten, sehen wir gleichfalls häufig in der antiken Symbolik. Wenn z. B. Kronos

seine eigenen Kinder verschlingt, so hat
diess die spätere Mythologie (seit den Stoikern) mit
bestechender Allegorie so gedeutet: Κρόνος ist = Χρόνος,
es ist die Zeit, die ihre eigenen Kinder auffrisst.
Kaum hat sie den Tag geboren, so kommt der Abend,
und sie frisst ihn wieder auf. So frisst Kronos seine
eigenen Kinder. Aber der ursprüngliche Sinn des
Mythus war um vieles naiver, roher, äusserlicher.
Kronos ist nicht die Zeit, sondern der grosse syrische
Baal Moloch, eigentlich „Herr und König,“ welchem
die Phöniker und Carthager wirkliche lebendige Kinder
zu opfern pflegten. Die Griechen haben aus diesem
Moloch theils den Nebengott des Zeus, den Kronos,
theils den Zeus Μειλίχιος gemacht. Das war aber
keineswegs ein sanfter Zeus, wie der griechische Name
zu sagen scheint — wenn er nicht vielmehr aufzufassen ist als der zu besänftigende Zeus. Dieser Zeus
Meilichios ist nur ein verkappter Baal Moloch, und
noch in historischer Zeit fielen ihm Menschenopfer.
Also Kronos frass einst wirklich seine Kinder, die ihm
geweihten Kinder wurden ihm wirklich geopfert.

Eine solche Missdeutung ist auch der Rache- und
Strafgöttin widerfahren: der hellenischen Erinys,
welche in den indischen Veden als Saranjús, eigentlich
die Gewitterwolke, sich uns darstellt. In der späteren
Allegorie bekommen diese Strafgöttinnen Schlangenhaare
— seit Aeschylos — und bisweilen auch hinkende
Füsse:

> „*Raro antecedentem scelestum*
> *Deseruit pede Poena claudo.*“

Mit hinkendem Fuss eilt die Rache dem Frevler nach.
Sie kommt ja oft spät, viel später als das Gerechtig-
keitsgefühl es wünscht und erwartet. Noch der heutige
griechische Volksglaube fabelt von einem hinkenden
Dämon mit einer Schlange in der Hand: wen er mit
dieser trifft, der ist unrettbar verloren. Dieses Hinken
geht wohl zurück auf ein Missverstehen archaischer
Bildwerke. Wie es vorkam, dass bei Pallasbildern, wo
die rohe uralte Kunst die Augen bloss durch einen

Strich angedeutet hatte, eine Legende sich bildete, wie
die Göttin ob einer schrecklichen Unthat, die unter
den Augen dieses Bildes sich zutrug, einst die Augen
geschlossen habe, in ähnlicher Weise ist auch die Idee
von der hinkenden Rachegöttin entstanden. Die vedische
Sturmwolke Saranjús und die ältesten griechischen
Erinyen sind furchtbar schnelle Wesen und diese Schnelligkeit wird in der ältesten griechischen Malerei regelmässig bezeichnet durch ein auffallend starkes Beugen
der Kniee. So ist auch die Erinys als καμψίπους, mit
stark gebogenen Knieen, gebildet worden; Aeschylos
in den Sieben gegen Theben spricht von der καμψίπους
Ἐρινύς. Das sollte nur ihre Schnelligkeit, nicht ihre
Lahmheit bezeichnen. Aber eine spätere Zeit verstand
den Sinn jener Hieroglyphik nicht mehr, sondern
glaubte, die alten Künstler haben absichtlich die Strafgöttin in fein ersonnener Allegorie als hinkend sich
gedacht. So entstand die *Poena pede claudo*, ganz ähnlich wie „die Zeit, die ihre Kinder verschlingt“.

Eine gleiche Wandlung vom Rohen zum Feineren,
man könnte auch sagen eine gleiche Art der Missdeutung, liegt bei den Attributen des Hermes und Poseidon
zu Tage. Das allerhöchste Götterpaar wird im antiken
Volksglauben bekanntlich ganz menschlich gedacht. Es
hat sein Haus, seinen Viehstand, seine Kinder, sein
Gesinde, darunter auch·seinen Hirten. Die Heerde des
Zeus bilden die Wolken, die hütet ihm Hermeias,
indisch Saramejas, in den Veden der Götterhund, nach
hellenischer Ansicht der Götterhirte, der scharfsichtige
Wächter. Bisweilen entführt er die Wolken, sie ver-
schwinden vom Himmel, so wird er zum Rinderdieb.
Sein Abzeichen und nothwendiges Werkzeug ist der
Hirtenstab. Als Gott mit dem Stabe wird er zum Gotte
der Wanderer und Wege, auch zum Führer auf dem
letzten Weg — ins Schattenreich, er wird auch Göt-
terbote und Herold. So verschönert sich auch der
rohe Hirtenstachel zum scepterartigen Heroldstab, und
der seltsam verzierte Stab wird in der Vorstellung
des Volkes allmählich zu einem Zauberstab, und spät,

erst sehr spät, erhält er auch den äusseren Ausdruck
des Zauberstabs, die Schlangen: so ist aus dem schlichten Ochsenstachel der Schlangenstab des
Hermes hervorgegangen. In gleicher Weise ist der
Dreizack Poseidons, der ursprünglich nichts
war als die Gabel des Fischers, womit er die
Thunfische spiesst, in der Hand des gewaltigen Meer-
gottes allmählich zu einem geheimnissvollen Instrument geworden, mit dem er den Grund des Meeres
aufwühlt und die Vesten der Erde erschüttert im entsetzlichen Erdbeben.

Ich muss hier abbrechen. Es war nur meine
Absicht, an einigen hervorragenden Beispielen zu zeigen, wie auch die scheinbar willkürlichsten und unnatür-
lichsten Erfindungen der antiken Phantasie auf eine
reale, natürliche Grundlage zurückgeführt werden können,
und wie die scheinbare Zufälligkeit und Regellosigkeit
in der Entwicklung der Symbolik und Mythologie sich
logisch ordnet in gewisse bestimmte Kategorien und
ganz gesetzmässige Formen; wie somit die ganze
räthselhafte Bildersprache der griechischen Sagenschöpfung sich ebenso systema-
tisch und methodisch entziffern und erläutern
lässt als die assyrische Keilschrift und die ägyptische
Hieroglyphik. Was wir dazu nöthig haben, ist nur ein
ziemlich weiter Umblick, ein unbefangenes Urtheil und
keine Confusionen.

Gedruckt in 60 Exemplaren.